그 린 이

리커 판데르포르스트Lieke van der Vorst

네덜란드의 작은 마을 카츠회벨에서 성장했습니다. 여름마다 부모와 함께 텐트를 챙겨 무려 차로 열세 시간이나 떨어진 프랑스 프로방스의 라벤더 들판에서 캠핑을 하곤 했습니다. 그녀는 이 자연에서의 경험을 자기 삶과 작품에 가장 큰 영향을 준 요소로 꼽으며, 동물과 자연을 향한 다정한 마음이야말로 자신의 가장 중요한 비전이라 말합니다. 자신의 그림이 세상에 긍정적인 영향을 주고 사람들이 솔직하고 겸손한 마음을 간직하는 데 도움이 되길 바라며, 자연친화적인 삶을 실천합니다.
2017년 말에는 신세계백화점의 브랜드 디자인팀과 협업하여 크리스마스 시즌 캐릭터인 '푸빌라'를 만들기도 했습니다.

인스타그램 @liekevandervorst

옮 긴 이

장세이Say Jang

부산 외곽, 김해평야 한가운데 자리한 작은 마을에서 나고 자랐습니다. 17년여간 잡지기자 생활을 하다가 문득 자연이 그리워져 숲해설가 교육과정에 들어 이 산과 저 들에서 녹색 허기를 채웠습니다. 그 이야기를 엮어 『서울 사는 나무』라는 나무 수필집을 내고, 생태 놀이를 담은 『엄마는 숲해설가』와 우리말 책 『후 불어 꿀떡 먹고 꺽!』 『오롯한글』을 쓴 작가입니다. 한편으로는 마흔 넘어 농학 공부를 시작한 늦깎이이며, 서울숲 옆 생태서점 '산책아이'의 대표입니다. 책 쓰기 외에 때때로 생태 수업과 글쓰기 강연을 하며, 처음 만나는 이에게는 '생태 이야기꾼' 명함을 건네곤 합니다.

인스타그램 @sayjangsay

산림욕의 행복

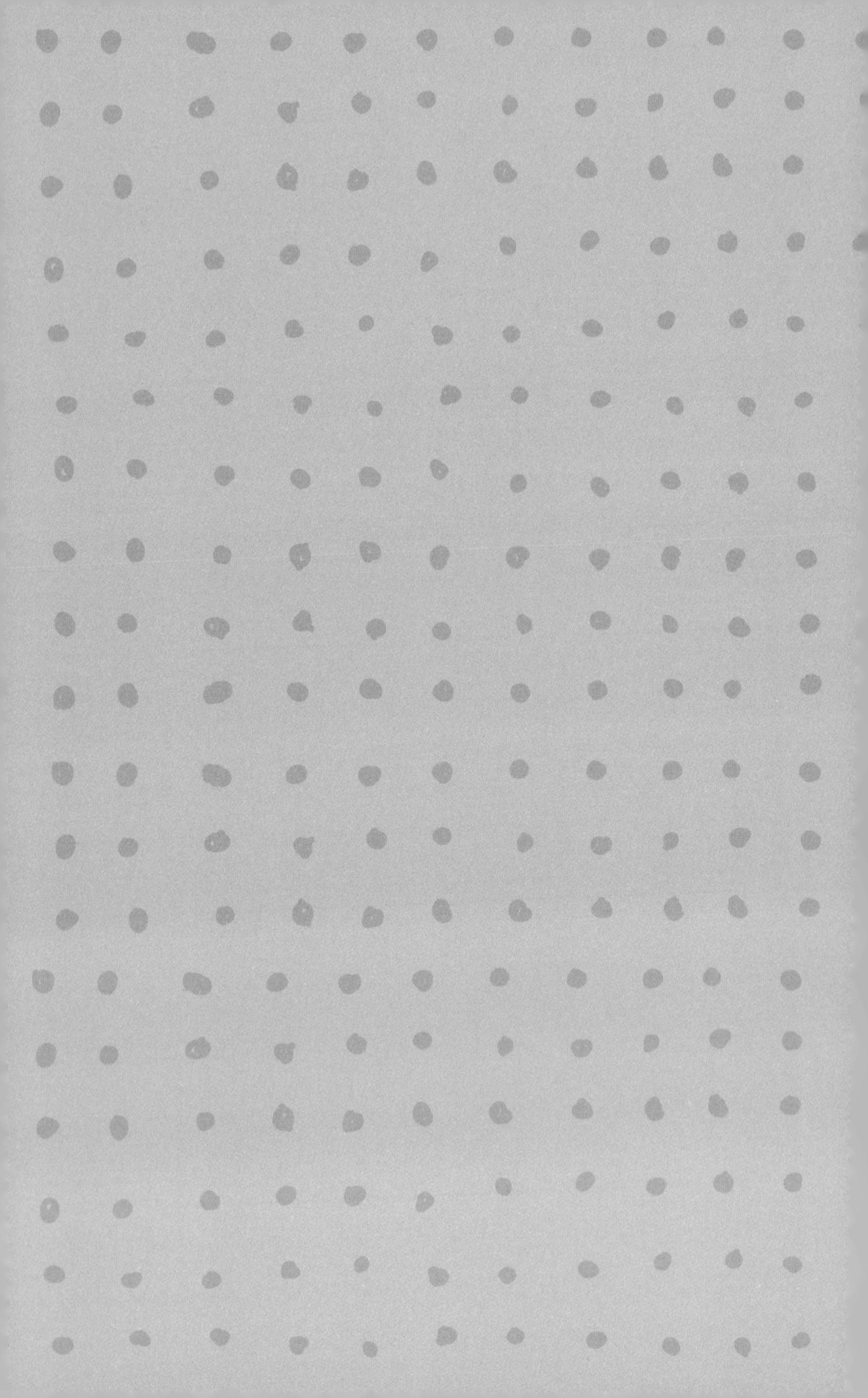

산림욕의 행복

내 삶에 활력을 더하는
즐거운 숲 라이프

글 멜라니 추카스브래들리
그림 리커 판데르포르스트
장세이 옮김

이봄

Joy of Forest Bathing by Melanie Choukas-Bradley

• 본문의 각주는 옮긴이의 것이다.

평생 새를 길러오며

작은 새의 노래 「차 한잔해요」를 가르쳐준

나의 아버지, 마이클 추카스 주니어와

즐거운 추억을 무수히 남겨준, 그리고 5월의 꽃에 깃들어

여전히 내 곁에 살아 있는 나의 재주 많은 어머니,

주아니타 메이 크로스비 추카스에게 이 책을 바칩니다.

옮긴이의 말

매일 씻을래요

두 해 전 여름, 뉴욕에 갔습니다. 해뜰녘에는 중앙공원을 걷다가 해질녘이면 크고 작은 서점을 찾아다녔지요. 그렇게 열 곳 남짓한 서점에 들렀습니다. 그중에서도 소담한 작은 책방에 마음이 끌렸는데, 향기의 성찬을 차리는 첼시마켓의 한갓진 서점에서 우연히 이 책을 만났습니다. 누군가 가방을 맨 채 숲으로 걸어들어가는 표지 그림과 제목에 끌려 한참이나 책을 헤적였지요.

그해 겨울, 난생 처음 번역 의뢰를 받았는데 책 제목을 보고는 적잖이 놀랐습니다. 바로 이 책 『산림욕의 행복』이었으니까요. 일순 반가움과 망설임이 교차로 일었습니다. 비교적 글 양이 적고 다소 쉬운 내용인 듯 보였지만, 번역은 처음이라 선뜻 손들기 어려웠습니다. 몇 날 며칠 고민하다가 숲에 관한 책이라면 직접 쓰는 일 말고도 어떤 방식이든 작으나마 보탬이 되자, 마음먹었습니다.

지난해 봄, 그리 먹은 마음을 후회했습니다. 역시 딴 나라 말을 우리말로 옮기는 일은 수월치 않더군요. 영어로는 쉬운 표현인데 막상 우리말로 옮기면 해괴한 문장이 될 때가 많았고, 흔히 쓰는 단어인데도 마땅한 우리말을 찾지 못해 애가 탔습니다. 저자의 전언을 잘못 이해했나, 왜 현재분사 배울 때 졸았나, 자문과 자책도 늘었습니다. 나날이 헛웃음이 깊어지고, '직접 쓰는 게 빠르겠다' 속 빈 혼잣말도 잦아졌습니다.

그렇게 헤매다가 번역가가 주인공이라는 사실에 마음이 동해 에리크 오르세나의 『두 해 여름』이라는 책을 읽었습니다. 머리도 식힐 겸 몇 장 넘기다가 주인공의 독백에 눈을 번쩍 떴습니다. "내가 하는 일이란 나룻배를 부리는 뱃사공의 일이나 마찬가지야." 그 문장에 다시 힘을 내는데, 뒤표지에 떡하니 쓰인 이 문장을 보고는 무릎이 꺾이고 말았죠. "저는 곧 부당한 명성을 누리는 졸렬한 번역가들을 상대로 한바탕의 전쟁을 벌일 생각입니다." '졸렬'을 잊으려 '나룻배'와 '뱃사공', 두 단어를 되뇌인 날이 길었습니다.

지난해 여름, 어느새 버찌가 붉어지고 오디가 영글었습니다. 두 나루를 부지런히 오가던 시간을 지나며 책도 여물어갔습니다. 그해 여름은 큰 바다 건너 이목인의 문장을 매만지며 다시 한 번 잊고 산 진리를 깨우치는 시간이었습니다. 책 내용을 더듬으며 첫 산림욕의 기억을 떠올리기도 했습니다. 하늘을 가리도록 까마득히 높은 나무를 올려다보며 늑골을 있는 대로 부풀린 순간의 뿌듯함, 이목구비는 물론이고 온 마음과 온몸을 씻기는 청량감, 숲을 떠날 때의 충만감이 새록하더군요.

지난해 가을, 특정한 계절과 장소에만 어울리는 특별한 행사라 여긴 산림욕은, 저자의 말대로 사는 곳에서 가까운 데 '야생의 집'을 마련해 사계절 내내 할 수 있는 일임을 받아들였습니다. 수시로 숲에 들며 매일 목욕하듯, 매일 푸른 기운으로 심신을 씻으며 깨달은 일이지요. 고백하건대 나무의 참모습을 알려면 겨울 숲에 들어야 한다 큰소리치고는 산림욕만은 뚝 떼놓고 생각했더랬습니다. 저자의 이야기 중 산림욕과 함께하면 좋은 활동에도 공감했는데, 가장 마음에 드는 대목은 마지막 장의 '숲을 가꾸는 방법'입니다.

"야생의 집을 살피는 일은 그 너머의 공간까지 지키는 일"이라는 말에는 숲의 유기성과 생명 순환의 가치가 맴돌기에 기꺼웠습니다. 그렇다고 너무 예민하게 숲을 지키려 하기보다 그저 숲에 들어 그곳에 머물기만 하라는 조언도 마음에 들었습니다.

이제 매일, 아니 (그러면 또 책임감이 생겨 숲을 멀리할 수 있으니) 자주 숲에 들려 합니다. 거창한 계획이나 목적 없이 그저 숲에 들어 가만히 앉거나 걸으며 잔바람에 아른대는 귀룽나무 가지를 바라보고, 유려한 시구 같은 휘파람새 소리를 듣고, 소담한 때죽나무 꽃향기를 맡으려고요. 숲의 하루, 숲의 한 철, 숲의 한 해가 어찌 흘러가는지 살피며 저 역시 자연의 한 요소로 함께 달라져가리라, 마음먹습니다. 마침 야생의 집도 마련했습니다. 땅 한 평이 쌀 오백 가마니 값인 동네인데 이웃한 서울숲만은 거저거든요.

2020년 4월

옮긴이 장세이

차 례

들어가며

자연의 경이에 홀딱 사로잡혔던 어린 시절을 기억하나요.

문득 처음으로 완벽한 눈송이를 보았을 때가 떠오릅니다. 학교를 마치고 숲으로 난 길을 따라 집으로 돌아오는데 눈앞의 까맣고 평평한 바위에 한 송이 눈이 떨어졌습니다. 정교한 레이스 장식 같던 그 눈송이는 꼭 흰 종이를 접어 가위로 이리저리 오려 만든 종이 눈의 축소판 같았답니다. 무릎을 굽힌 채 더 많은 눈송이가 바위에 내려앉는 모습을 지켜보았어요. 하나하나가 완벽하고 특별한 모양이었지만, 맨 처음 본 눈송이처럼 완벽하지는 않더군요. 유치원 때였나, 아니면 초등학교 1, 2학년 때였을까요. 여하간 그날의 하늘과 눈송이가 내려앉은 그 바위는 여전히 제 마음에 특별히 자리합니다.

꿈만 같던 눈송이처럼 자연에 홀린 어린 시절의 기억은 넘쳐납니다. 눈 녹은 직후의 봄 숲에서 처음 야생화를 발견한 기억, 이끼 위에 누워 잎이 무성한 흰 자작나무 가지를 물끄러미 올려다보던 기억, 차가운 파도에 뛰어들었다가 따뜻한 모래에 온몸을 파묻던 기억, 빨갛게 물든 단풍잎을 주워 와 기름종이 사이에 넣고 다림질하던 기억까지 하나같이 다채로운 빛깔로 남은 생생한 추억이죠. 지금도 어떤 향기·소리·풍경이나 익숙하고도 행복한 순간을 마주하면 어린 시절의 기억이 불쑥 떠오릅니다.

몇 해 전 한 자연사自然史 연구자가 '산림욕'을 다룬 한 기사를 건네주었습니다. 거기에는 산림욕forest bathing, 森林浴이라는 용어가 일본에서 유래했다고 쓰여 있더군요. 저는 그 기사를 읽자마자 산림욕이 무슨 의미인지 알아차렸죠. 온몸으로 미소를 짓듯이 긴장을 푸는 일이라는 사실을요. 연구자는 산림욕이란 '자연의 아름다움과 경이에 모든 감각을 몰입하는 일'이라 정의했습니다.

어린 시절뿐 아니라 평생 동안 자연에 사로잡힌 그 순간들에 비로소 이름을 붙일 수 있다는 사실에 고마웠습니다. 지구 반대편에 사는 사람들이 요가·태극권·명상으로 산림욕을 실천한다는 사실을 알게 되어 기뻤고요. 저는 산림욕의 모든 것을 알고 싶었고, '북미 버전 산림욕'을 하기 위해 바로 캘리포니아행 비행기에 몸을 실었습니다. 그로부터 몇 달 후에는 자연과 숲 치료 가이드 훈련을 받으며 산림욕 하는 법을 배웠고요.

자연주의자이자 자연사를 다룬 책의 저자로서 저는 몇 년 동안 워싱턴 D.C.와 인근에서 숲 산책과 나무 여행을 이끌었습니다. 그 과정에서 불현듯 숲 산책에서 가장 중요한 대목은 식물의 이름을 아는 일이 아님을 깨달았지요. 숲 산책이란, 침묵한 채 자연의 아름다움과 경이에 항복하는 숭배의 시간입니다. 그저 산책만으로는 그런 순간과 마주하기 어렵죠. 자연의 아름다움과 경이를 향한 조용한 항복이야말로 산림욕의 본질입니다.

저는 지난 몇 해 동안 가이드로서 산림욕을 이끌었습니다. 북미의 몇몇 숲 치유 가이드와 일본을 방문하여 산림욕에 참여하기도 했습니다. 그동안 수백 명의 참가자와 함께하면서 산림욕이 나이나 건강 상태, 사는 곳과 상관없이 모든 이에게 즐거움과 건강, 행복을 안긴다는 사실을 확신하였습니다.

우리는 자연의 일부

우리네 선조는 쇼핑몰, 고층빌딩, 공장, 자동차, 비행기, 각종 전자제품이 없는 세상에서 살았습니다. 인류의 진화라는 관점에서 보면, 지금의 혁신은 눈 깜짝할 사이에 일어난 셈이지요. 오늘날 빌딩은 나무보다 크고, 비행기는 새보다 높이 날며, 기계는 바람과 폭포보다 큰 굉음을 내고, 전자제품은 나뭇가지와 새순, 꽃이나 잎보다 매혹적입니다. 지난 두 세기 동안 이뤄낸 혁신에 몰두하지 않았다면 우리의 관심은 과연 어디로 향했을까요.

농사를 짓던 우리네 선조는 날씨와 계절에 맞물린 삶을 살며, 이를 잘 활용하고 기념했습니다. 식량뿐 아니라 약재까지 식물을 비롯한 여러 자연물에서 얻었지요. 많은 문화권에서는 아름다운 자연물로 식기와 거주지, 예배당을 만들었고요.

독일어에는 숲에 홀로 있을 때의 호젓한 경험을 지칭하는 '발다인잠카이트 waldeinsamkeit'라는 멋진 단어가 있습니다. 한마디로 번역하기 어려운 멋진 말이죠. 이 말을 번역할 수 있었다면 우리 선조의 수많은 경험에 적용되어 지금까지도 보편성을 갖지 않았을까요. 저는 최근에 이 단어를 알고 나서 19세기 미국 자연주의 철학자 랠프 월도 에머슨이 이미 「발다인잠카이트」라는 시를 썼다는 사실도 알았죠. 그는 이 시에서 자연의 장엄한 아름다움에 조용히 굴복하며 지낸 시간을 찬미했어요.

오늘날 많은 사람이 자연과 밀접한 조화를 이루며 삽니다. '야외 생활'을 뜻하는 노르웨이어 '프리루프트슬리브friluftsliv'는 자연에서 평화로운 시간을 보내고자 하는 스칸디나비아인의 열정을 대변하는 말입니다.

자연과의 친밀감을 다소 상실했다면 자연과 친숙한 어린 형제자매·자녀 혹은 손자·손녀를 보며 우리의 어린 시절을 떠올려야 합니다. 그때 우리가 자연과 맺은 연대는 아주 보람찬 오락 활동이자 건강한 정신 상태라는 사실을 깨달아야 하죠. 바쁜 일상을 보내더라도 가능한 자주 자연과 교감한다면 우리의 삶도 좀더 평온하고 건강하며 행복해지지 않을까요.

자연에 머무는 치유의 시간

1982년, 일본 임야청은 처음으로 산림욕을 홍보하였습니다. 스트레스와 과로에 지친 도쿄를 비롯한 다른 도시의 시민에게 번잡한 도시를 떠나 정기적으로 숲에서 조용한 시간을 갖도록 권했지요. 평정심과 신체 건강을 회복하고 휴식을 취하는 방법으로요.

고대 일본의 자연 숭배에서 기원한 산림욕은 오감을 열어 자연과 나무의 아름다움과 경이에 완전히 몰입하는 활동입니다. 오늘날 일본 전역에는 산림욕하기에 알맞게 고안된 숲과 산책로가 있습니다. 매해 수십만 명이 그 길을 걸으며, 때로 꽃을 보려고 가던 길을 멈추어 나무와 교감하거나 흐르는 물소리에 귀를 기울입니다.

운 좋게 산림 치료용 산책로에서 가이드의 인솔 아래 산림욕을 해봤다면, 산림욕이 건강에 이롭다는 사실에 의문을 갖지 않을 거예요. 여러 해에 걸쳐 누적된 다양한 연구 자료 역시 산림욕의 이로움을 증명하죠. 산림욕 전후의 혈압과 심박수, 기타 활력 징후만 봐도 이러한 사실을 금방 알 테니까요.

지바대학교 환경·건강 과학센터의 미야자키 요시후미 박사와 일본의과대학 리 칭 박사는 일본의 숲과 공원에서 수집한 건강 관련 자료를 연구했습니다. 연구팀은 산림욕이 혈압, 맥박과 코티솔❖ 수치를 낮추고, 좋은 의미의 심박수 변동성을 높이며, 기분을 좋게 한다는 사실도 알아냈습니다.

또 식물이 병원균으로부터 스스로 보호하기 위해 생성하는 휘발성 화합물인 피톤치드는 인간의 건강을 지켜주는 효능까지 있다고 밝혔습니다.
리 칭 박사의 연구에 따르면, 숲에 방출된 피톤치드를 들이마시면 자연살해세포natural killer cell가 늘어나 암과 여타 질병에 면역력이 높아진다고 합니다.
이 밖에도 한국·중국·영국·유럽·북미 지역 연구자들이 계속해서 자연이 신체와 정신 그리고 정서에 미치는 건강상의 효능을 입증하고 있습니다. 그 결과 향나무, 편백나무와 같은 대형 침엽수가 방출하는 피톤치드가 특히 건강에 이롭다는 사실이 밝혀졌지요.

❖ cortisol. 급성 스트레스에 반응해 분비되는 물질.

데, 모두 자연에서 보내는 고요한 시간의 유익한 경험을 뜻합니다. 산림욕은 그 이로움을 발견한 세계 곳곳에서 각각 다른 이름으로 불립니다.

이제 자연에서 건강과 기쁨을 더 많이 누릴 방법을 이야기하려고 해요. 자연에서 평온한 시간을 보내고, 숲과 들·사막·산과 바다에서 위안과 기쁨을 찾은 제 삶도 소개합니다. 자연과 산림 치료 가이드·프로그램 협회Association of Nature and Forest Therapy Guides and Programs에서 훈련받은 자연 산림 치료 가이드로서의 경험을 공유하고 일본 '치유의 숲' 이야기도 들려드릴게요.

첫번째 숲

내겐 너무 쉬운 산림욕

1단계__ 일상에서 벗어나기

우리는 일상의 온갖 번잡한 일로 혹사당합니다. 편리한 전자 제품 덕분에 동료나 친구, 연인이나 가족과 쉽게 연결되지만 가끔은 의무감이나 우울한 소식에 발목을 잡히곤 하지요.

산림욕을 하는 동안 휴대전화를 집에 두고 올 필요까지는 없어요. 하지만 이왕이면 무음 모드로 설정하면 어떨까요. 특히 비행기 모드는 '산림욕 모드'로 알맞아요.

이제 일상에서 벗어나 야생의 집에 도착했나요. 그럼 이제 보다 중요한 두 번째 단계로 넘어갑니다.

2단계__ 깊이 호흡하며 자연과 교감하기

복부를 팽창시키며 폐에 공기를 천천히 흘려넣은 뒤 잠시 멈추고서 다시 천천히 숨을 내쉬어 보세요. 저는 홀로 산림욕을 하거나 산림욕 가이드를 할 때, 종종 존 뮤어John Muir❖의 기분 좋은 문구를 인용하며 시작합니다. "어느 멋진 날, 폐에 스미는 공기가 혀에 녹아든 꿀처럼 맛나노니!" 숲이나 공원, 뒷마당에서 이렇게 말하고 숨을 깊이 들이쉬면, 하루가 놀랍도록 눈부시게 변하거든요.

심호흡은 마음을 느긋하고 고요하게 만들며, 우리를 뭇 생명과 이어주기도 합니다. 심호흡은 머리 위의 나뭇잎이 내놓은 산소를 받아들이고 식물이 살아가는 데 필요한 이산화탄소를 내놓는 일입니다. 숨을 깊게 들이쉴수록 몸은 편안해지고, 그 순간 자연도 비로소 경이로운 자태를 드러냅니다.

산림욕은 걸으면서, 제자리에 선 채, 혹은 앉거나 누워서도 할 수 있습니다. 편한 숨결로 자연을 향해 몸과 마음을 열면 자연과 산림 치료 가이드·프로그램 협회에서 알려준 '존재의 환희'에 눈뜬답니다. 숨을 깊이 들이쉬고 '자연과 하나 되기Invitations'는 산림욕 가이드를 할 때 제일 먼저 하는 활동입니다. 서 있든 앉아 있든 한 자리에서 그 순간의 환희에 몰입해보세요. 뺨을 스치는 바람의 감촉, 바람소리와 새소리 그리고 도시의 소리, 흙 내음과 나무 향기처럼 여러분을 둘러싼 모든 아름다운 풍경에 몸과 마음을 열어보세요. 그렇게 자연과

❖ 19세기 초의 스코틀랜드 태생 미국인으로 자연보호론자이자 자연철학자.

하나가 되려 하면 어느 순간 잠시 눈을 감고 싶을 테죠. 다시 눈을 뜰 때는 태어나서 처음으로 세상을 본다고 상상해보세요.

숲이 편해지면 어느새 바쁜 일상에서는 느끼지 못한 무언가를 느끼고 그에 주목할 거예요. 이제 주변의 뭇 생명에 귀 기울여 보세요. 잔바람에 흔들리는 나뭇잎, 지붕 위를 나는 새, 줄 위에 자리 잡은 거미, 부지런히 기어가는 개미의 움직임까지. 그렇게 오감을 열면 주변의 다른 자연물처럼 우리도 자연의 일부라는 사실을 깨닫습니다. 이는 간단명료한 일 같지만, 실제로는 막연하면서도 강렬한 경험이죠.

시간이 조금 흐르면, 이번에는 다른 감각을 깨워볼까요. 가까운 소리, 먼 소리에 주의를 기울여보세요. 어느 순간 저마다 다른 새소리, 미세한 바람소리와 물소리가 들릴 거예요. 일본에서 삼림욕을 할 때 한 가이드는 참가자에게 냇가를 등지고 서라고 했어요. 소리가 나는 곳을 보지 않은 채 손을 오므려 귀에 갖다 대라고도 했죠. 손 안에 고인 소리를 키우고 그 소리에 집중하도록요.

후각과 촉각은 매우 강렬한 감각입니다. 식물은 은은하거나 강렬한 향기와 다양한 질감을 가졌어요. 이처럼 놀라운 식물에 바짝 다가서 보세요. 햇빛과 이산화탄소를 영양분으로 바꾸는 광합성은 지구의 생명을 지탱해주는 경이로운 능력임을 실감해보세요. 식물에 가까이 다가가 보다 친숙해지면, 꽃에서 꿀을 빨고 꽃가루를 모으고, 잎사귀를 뜯어먹고, 열매를 먹거나 씨앗을 옮기는 방문객을 알게 될 거예요!

서양쐐기풀·옻나무·덩굴옻나무 같은, 통증이 나 접촉 피부염을 유발하는 식물을 미리 알아두면 식물을 만지고 냄새 맡는 일이 두렵지 않을 거예요. 요즘은 온라인 사진 검색으로 맨손으로 만지면 안 되는 식물을 금방 찾을 수 있답니다.

산림욕 장소에 물길이 있다면 물의 흐름과 물에 반사된 형상을 살펴보세요. 그런 다음 물속과 물 위, 물가에 사는 생명의 소리에 귀 기울여 보세요. 물이 맑으면 손을 담가도 좋고, 물놀이용 신발을 신거나 맨발로 물에 들어가도 좋습니다. 그래도 마셔도 되는 물인지는 꼭 확인하세요. 드물지만 일본의 야쿠시마❖ 숲처럼 거르지 않고도 마실 만한 맑은 물이 흐르는 곳도 있습니다.

산림욕을 하다보면 돌이나 조개껍질에 마음을 빼앗길지도 모릅니다. 그럼 집어들어 살펴보세요. 눈을 감고 느껴도 좋아요. 저는 손에 돌을 올려놓고 돌의 무게를 느끼곤 해요. 돌을 들어올려 머리 위에 올려놓는 느낌도 즐기고요. 뺨이나 이마에 돌을 대보기도 하고, 힘들 때는 돌에게 걱정거리를 가져가달라고 부탁하는 상상도 해요.

❖ 屋久島. 7천 년 된 삼나무가 사는 원시림이 있는 가고시마현의 섬.

산림욕의 가장 큰 보람 중 하나는 나무와의 교감입니다. 만약 지금 사막에 있다면 선인장(껴안기는 힘들겠지만)이나 바위, 끌리는 자연물과 교감할 수 있을 거예요. 해변이라면 바닷물에 떠내려온 나무나 사구식물砂丘植物에 끌릴지도 모르고요. 어디서든 교감하고 싶은 대상은 직감으로 찾을 수 있습니다. 왠지 모르게 어떤 방향이나 나무에 끌릴지도 몰라요. 그럴 때는 내키는 대로 하면 됩니다.

마음에 드는 나무나 자연물이 생겼다면 함께 시간을 보내며 편하게 교감해보세요. 그 대상이 나무라면 등을 기대 앉아보고, 밑동에 누워 올려다보고, 오르거나 안아도 보세요. 큰소리로 말을 걸거나 속삭이기도 하고, 나무의 이야기에도 귀 기울여 보세요. 그렇게 주위의 나무와 오랫동안 관계를 맺으면 인간과 자연 사이에 일어나는 가장 강력한 교감을 맛볼 거예요. 처음에는 다른 사람 눈치를 볼지도 몰라요. 하지만 나무와 함께하는 시간이 길어질수록 부끄러움도 서서히 사라질 거예요.

산림욕을 하면서 상상력을 발휘해보세요. 자연과 이어지는 자신만의 독창적인 방법을 찾아보아요. 마음과 감각을 활짝 열어 숲이 말을 걸게 해보세요. 자연의 아름다움에 감응할수록 더 큰 기쁨과 재미를 느끼고 깊은 사색에 빠져들 테죠. 때로는 형언할 수 없는 슬픔에 사로잡힐지도 모르고요. 그저 자연과 오감과 추억에 자유롭게 몸을 맡겨보세요. 자연이 우리 안에 일으키는 바람을 한껏 느끼면서요.

산림욕의 두 번째 단계는 대부분 홀로 보내는 시간으로 마무리됩니다. 땅바닥에 눕거나 앉아 우리를 둘러싼 땅·하늘·나무·자연의 아름다움과 경이에 조용히 젖어들죠. 자연과 조화를 이룬 채 땅에 눕거나 앉았을 뿐인데 무척 평온하다는 사실에 새삼 놀랄 거예요. 새와 여러 동물이 여러분의 존재를 편안히 받아들인다는 사실도 깨달을 테고요. 야생의 집을 정하면, 동식물과 친밀해지면서 하루의 변화, 계절의 변화, 다채로운 기후의 변화를 깨우칩니다. 자연과 교감하는 시간을 가지면 이제 산림욕의 세 번째 단계로 넘어갑니다.

3단계__ 일상으로 돌아오기

이제 산림욕의 경험을 품은 채 일상으로 편안히 돌아오는 단계입니다. 혼자 산림욕을 한다면 간단한 다과로 마무리하면 좋습니다. 노래를 불러도 되고 좋아하는 글귀를 읽거나 낭송해도 됩니다. 짧은 시를 써도 좋고 자신만의 노래 짓기도 괜찮겠죠. 몇 분 동안 그저 가만히 앉아 있기도 산림욕을 마무리하는 훌륭한 명상법입니다.

그룹별로 산림욕 활동이나 '존재의 환희' '나무와의 교감'처럼 '자연과 하나되기'를 마칠 때 많은 가이드는 참가자에게 이 활동을 권합니다. 바로 여럿이 둥글게 둘러서서 소감 발표하기 말이에요. 발언막대는 진짜 막대기여도 좋고, 도토리나 솔방울, 날개 달린 씨앗, 깃털이나 돌도 괜찮아요. 이 발언막대를 손에 쥔 사람이 발언권을 가집니다. 저는 참가자에게 야외용 의자를 나눠주고 원형으로 편하게 앉아 이야기 나누게 해요. 산림욕을 하면서 막연하거나 뚜렷하게 떠오른 생각에 집중하도록 말이죠.

지금 이 순간 고마운 일을 공유하자고 권할 때도 있어요. 참가자는 발언막대를 들고 이야기하거나 아무 말하지 않고 옆 사람에게 넘길 수도 있습니다. 다른 사람이 무엇에 고마워하는지, 숲에서 무엇을 경험했는지 공유하면서 모두 더 큰 가치를 경험합니다.

질문을 던집니다. “이제 여러분은 일상으로 무엇을 가져가고 싶은가요?” 이 질문은 숲에서 만끽한 평화와 기쁨을 일상에 융합시키고 일상과 세계를 풍요롭게 만드는 방법을 찾는 데 영감을 줍니다.

종은 일상으로 돌아가도록 도와주는 간편하면서도 강력한 도구입니다. 저는 작은 히말라야 싱잉볼❖을 챙겨와 숲에 든 사람을 환영하기 위해 울리기도 합니다. 산림욕의 각 단계에 진입할 때나 모임을 이끌 때도 사용하지요. 산림욕을 끝낼 때 싱잉볼의 울림은 평화로운 일상으로 돌아가는 발걸음을 보다 가볍게 만듭니다.

❖ singing bowl. ‘노래하는 그릇’이라고 불리는 히말라야 지역의 명상 도구.

삼림욕 복장과 준비물

산림욕은 편안하고 안전해야 합니다. 날씨에 맞게 옷을 겹쳐 입고, 느슨하고 편한 옷과 신발을 착용하세요. 해변이나 물가에서는 샌들 혹은 슬리퍼를 신거나 맨발로 다녀도 되지만 산림욕을 할 때는 밑창이 튼튼한 신발을 신어야 합니다. 때로는 숲을 걷다가 가이드가 신발을 벗어보라고 권하기도 하고, 홀로 산림욕을 하다가 맨발로 걷고 싶을 때도 있지요. 맨땅을 맨발로 걷기는 즐겁기도 하고 건강에도 좋으니까요.

산림욕을 할 때는 하이킹을 할 때보다 따뜻하게 입어야 합니다. 좀더 천천히 움직이거나 앉아 있을 때가 많으니까요. 비 예보가 있으면 우비도 챙겨야겠죠. 뇌우 같은 거친 날씨가 예상된다면 그에 따라 계획을 세워야 합니다. 자외선 차단제를 바르고 모자를 쓰거나 양산도 챙기면 좋아요. 산림욕을 하는 지역에 질병을 유발하는 잔디깍지벌레나 사람을 무는 벌레가 있다면 벌레 퇴치 스프레이도 필요합니다. 산림욕을 마친 후에도 몸에 벌레가 남아 있는지 꼼꼼히 확인해야 하고요.

물과 간식거리를 가져가고, 차를 마시려면 다구茶具도 챙기세요. 담요나 방석, 접이식 의자 같이 앉을 만한 도구도 좋습니다. 나무 아래 눕고 싶다면 돗자리도 잊지 마세요. 꽃·곤충·눈송이처럼 작은 자연물을 자세히 살피고 싶다면 돋보기나 확대경을 준비하세요. 저는 보통 10배율의 확대경을 씁니다.

가이드와 함께한다면, 가이드는 자연재해 지식을 갖추고 어떻게 위험을 피하는지 알아야 합니다. 혼자서 혹은 친구와 산림욕을 한다면 안전은 스스로 책임진다는 태도를 가져야 합니다. 휴대전화는 가져가도 되지만 꺼두는 편이 더 낫겠죠. 세상과의 단절은 산림욕이 정신 건강에 주는 큰 이로움이니까요.

산림욕 장소로 우범지대는 피하고 차 안의 귀중품은 보이지 않게 두어야 합니다. 혼자 산림욕을 하다가 안전하지 않다고 느끼면 본능을 믿고 바로 조치를 취하세요. 출발 전에는 누군가에게 행선지를 알리세요. 늦은 시간까지 밖에 있을 예정이라면 지도와 호루라기, 손전등을 가져가야 합니다. 작은 구급상자를 챙겨도 좋습니다.

여러분의 집 근처에 숲이나 녹지가 있어 산림욕이 일상에 스미기를 바랍니다. 삼림욕을 하는 곳이 조금 멀다고 해도, 언제 어디서든 습관적으로 산림욕을 해보세요. 전자 제품에서 멀어지고, 느긋한 마음으로 숨을 깊이 들이마셔보세요. 자연의 아름다움에 온 감각을 실어 보내는 이 모든 시간은 여러분을 더욱 건강하게 만들고, 여러분의 일상을 기쁨으로 가득 채울 거예요.

산 림 욕

♠ 장소 자연이 있는 곳이라면 어디든

♠ 소요 시간 20분에서 3시간 이상

♠ 순서 일상에서 벗어나기→심호흡
→감각의 연결→일상으로 돌아오기

♠ 활동 나무와 차, 시와 함께 만끽하는
'존재의 환희'

두번째 숲

계절 따라
산림욕도
달라져요

임없이 변하는 겨울 풍광을 편안히 즐길 수 있답니다. 산림욕은 천천히 걸으면서 하기 때문에 여벌 옷을 챙기는 편이 좋습니다. 산림욕 중간중간 가끔씩 빠르게 걷기도 도움이 된답니다.

가을날 마지막 잎이 떨어지면, 겨울나무의 뼈대가 온전히 드러나면서 겨울다운 풍경이 새롭게 펼쳐집니다. 사방을 뒤덮은 낙엽은 한동안 땅 위에 머물다가 서서히 분해되어 생동하는 토양의 일부가 되지요. 그러다 첫눈이 내리면 나무는 물론이고 바위나 다리, 울타리처럼 풍경을 이루는 여러 요소도 뚜렷한 윤곽을 드러냅니다. 그 장면을 보노라면 마치 새 안경이라도 쓴 듯하죠. 바로 지금이에요. 눈을 감고 '존재의 환희'를 느낄 순간 말이에요. 다시 눈을 뜰 때는 태어나서 처음으로 세상을 본다고 상상해보세요.

눈이 내리기 전이든, 내리는 중이든, 내리고 나서든(눈보라가 휘날릴 때만 빼고), 매 순간 산림욕은 저마다 다른 즐거움을 안깁니다. 세상에 똑같은 눈은 없으니까요. 연못·호수·강·개천의 얼음은 월든 호숫가에 살던 헨리 데이비드 소로가 묘사했듯, 봄이 되어 보다 극적인 이별을 할 때까지 그대로 남아 있거나, 혹은 얼었다 녹기를 반복합니다. 춤을 추는 듯한 물과 얼음의 순환은 겨울에만 볼 수 있기에

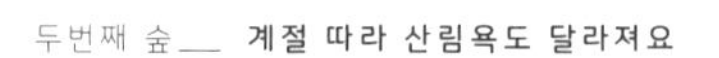

무척이나 좋아하는 자연 현상입니다. 얼음 사이로 흐르는 물소리와 얼음에 부딪히는 잔물결의 찰랑거림은 풍요롭고 아름다운 음률, 이름하여 '얼음악ice music'이라 할 만하죠.

예술이나 기하학에 조예가 있다면 끝없이 반복되는 얼음과 눈 결정체의 무늬을 보면서 우주의 정형화된 질서와 예술성을 확인할 거예요. 눈 결정체를 돋보기로 들여다보면 더욱 신비롭지요. 어디에 살든 겨울은 풍경과 소리, 특히 따뜻한 날의 냄새 같은 겨울만의 보물을 잔뜩 안깁니다.

겨울나무는 산림욕을 하며 그 아래를 걸을 때 더욱 매력적입니다. 눈 덮인 침엽수림을 편히 탐험하려면 스노슈즈나 아이스 스케이트를 신는 편이 낫습니다. 얼음이 단단히 어는 곳이라면 크로스컨트리 스키를 신어도 좋겠지요. 스키를 타고 가문비나무·전나무·소나무 등의 상록수가 드리운 푸른 그림자 아래로 미끄러져 들어가거나 나뭇가지를 스치는 바람소리를 들을 수 있으니까요.

혼합수림이나 낙엽수림, 공원이나 뒤뜰에서 하는 산림욕도 즐겁기는 마찬가지입니다. 헐벗은 나무줄기와 나무껍질의 다양한 질감과 빛깔을 비롯해 잎을 모두 떨군 겨울나무는 끝없는 사색과 감탄을 불러일으키지요. 미국·유럽·아시아의 너도밤나무 껍질은 표면이 매끄럽고 잿빛을 띱니다. 버즘나무와 양버즘나무 같은 플라타너스속屬 나무는 껍질이 벗겨져 줄기가 하얘지지요.

물푸레나무는 줄기 가운데 흰색의 굵은 수평 띠가, 은사시나무는 줄기에 다이 아몬드 홈이 뚜렷합니다. 참나뭇과 나무의 껍질은 종에 따라 얇고 까슬하거나 두껍고 깊은 홈이 두드러져 보입니다. 숲속의 나무는 이처럼 저마다 독특한 껍질에 둘러싸여 있죠. 나무껍질은 빛에 따라 달리 보일뿐 아니라, 비에 젖을 때나 눈가루에 휩싸이면 그 모습이 또 달라집니다.

혹시 나무를 동정❖하기가 어렵다고 느껴지나요. 비록 나무 이름을 모르더라도 얼마든지 나무를 동정할 수 있습니다. 이름 모를 나무에게 애써 이름을 지어주지 않아도 괜찮습니다. 그저 진정어린 마음으로 겨울나무에 다가가 그 나무의 특징을 세세히 관찰하기만 해도 매우 즐겁습니다. 생태 교육을 조금이라도 받았다면 겨울나무의 껍질이나 수형樹形 말고도 여러 기준으로 낙엽수를 구분한다는 사실을 알 테지요. 가을에 잎이 지면 나뭇가지에는 나뭇잎이 가지에 붙었던 흔적, 일명 엽흔葉痕, leaf scar이 남는데요. 엽흔의 배치—엽흔이 서로 마주보는지 또는 어긋나는지—와 모양은 나무를 동정하는 중요한 단서랍니다.

나뭇잎과 꽃이 피어날 겨울눈은 겨울에 더 매혹적입니다. 나무는 당이 풍부하고 에너지가 넘치는 앞선 여름에 겨울눈을 만듭니다. 겨울눈은 나뭇가지 끝이나 그 근처에 돋아나요. 가지에 붙은 잎자루 바로 위나 잎자루 안❖❖에서도 자랍니다. 겨울눈은 가으내, 겨우내 나무에서 살아가며 '아린芽鱗'이라고 부르는 눈껍질이 떨어져나가는 봄을 기다립니다.

❖ 同定. 생물 종을 구별하는 일.
❖❖ 대표 수종은 양버즘나무.

겨울눈은 새 생명의 희망을 상징합니다. 겨울눈은 잎·꽃·가지 같은 나무의 여러 기관을 배아 상태로 품습니다. 이렇게 작은 겨울눈이 휘몰아치는 찬바람과 폭풍, 혹한을 견뎌내는 일은 기적과도 같지요. 겨울눈의 강인한 생명력을 온몸으로 느끼는 산림욕은 그야말로 무한한 기쁨을 안깁니다.

나무껍질과 마찬가지로 겨울눈도 수종마다 모양과 빛깔, 질감이 뚜렷하게 다릅니다. 제 야생의 집 근처에는 일본의 산림욕 가이드가 차를 만들 때 쓰는 생강나무 종류가 우거져 있는데요. 줄기 표면을 살짝 긁으면 코끝을 자극하는 달콤한 향이 나는 생강나무 가지에서 작고 둥근 녹황색 꽃눈이 돋아납니다. 이른 봄이면 이 아름다운 꽃눈에서 노란 꽃이 폭죽처럼 터져나오지요. 인간과 야생동물 모두 좋아하는 과일이 열리는 파파야나무의 겨울눈은 털이 많고 적갈색을 띠죠. 파파야나무의 잎눈은 작은 붓처럼 생겼는데, 유명한 조류학자이자 화가인 존 제임스 오듀본❖이 이 잎눈을 붓 대신 썼다는 풍문 때문에 '오듀본의 붓'이라고도 불립니다. 둥근 모양의 파파야나무 꽃눈은 아기 고양이의 앞발처럼 솜털이 보송보송해요.

겨울눈을 찬찬히 들여다보면 더욱 매력적입니다. 북미에서 자라는 토종튤립나무의 겨울눈은 꼭 오리 부리를 닮았지요. 아직 싹을 틔우지 않은 한겨울, 겨울눈을 반으로 갈라 보면 놀랍게도 튤립 꽃 모양의 작은 잎❖❖이 이 그대로 접혀 있습니다. 가래나무과에 속하는 비터넛 히커리bitternut hickory의 겨울눈은 초승달 모양이며 겨자색을 띱니다. 사촌격인 모커넛 히커리mockernut hickory

❖ John James Audubon. 『북미의 새』의 작가.
❖❖ 튤립나무의 잎은 튤립 꽃 모양과 유사한 모양.

의 겨울눈은 커다란 달걀 모양에 매력적인 담황색이고요. 집 근처 개울을 따라 선 자작나무의 여린 가지 끝에는 작고 우아한 수꽃차례❖가 달립니다. 어느 자작나무든 겨울에는 수꽃차례를 키우는데, 이 수꽃은 봄까지 생명을 품은 암꽃가루를 기다리며 미풍에 살랑살랑 춤을 춘답니다.

헐벗은 나뭇가지는 하늘을 배경 삼아 뚜렷한 윤곽을 드러내며 웅대한 겨울 풍경과 아름답게 어우러집니다. 이는 겨울 산림욕에서만 만끽하는 큰 즐거움이죠. 가까이에서 잔가지와 겨울눈을 관찰하는 기쁨도 큽니다. 많은 나무가 겨울까지 열매를 매달고 있는데, 과육이 많은 감 같은 과일은 특히 서리가 내린 후 가장 단맛이 납니다. 단풍나무의 시과❖❖ 같이 날개가 달려 있어 헬리콥터처럼 바람을 타고 자유롭게 날아다니는 씨앗도 있지요.

나무껍질이 떨어져나가 줄기 꼭대기까지 하얀 런던버즘나무London plane tree는 런던, 파리, 뉴욕, 워싱턴 D.C.를 비롯한 온세계 도시에서 만날 수 있는데요, 열매는 낱개의 씨앗이 조밀하게 모여 구 모양❖❖❖을 이룹니다. 늦은 겨울과 이른 봄에 바람이 불면, 둥근 열매에서 다소 빛바랜 주황색 털이 달린 작고 마른 씨앗이 떨어져나와 강과 공원, 거리 곳곳으로 흩어집니다.

산림욕을 하면 겨울 들풀과도 교감합니다. 솜털이 달린 미역취와 마른 과꽃 씨앗은 공기보다 가벼워 겨울바람을 타고 멀리 날아가지요. 이처럼 날개 달린

❖ 꽃차례는 꽃이 꽃대에 달린 배열.
❖❖ 翅果. 날개 달린 씨앗.
❖❖❖ 양버즘나무의 북한식 명칭은 방울나무.

씨앗을 날려보내려 씨앗을 품은 꼬투리를 터뜨리는 식물은 아주 많습니다. 이런 씨앗은 입으로 불면 쉬이 날아가는데, 씨앗 불기는 특히 아이들이 좋아하는 놀이지요.

야생동물을 만나면 놀라운 한편 호기심도 생깁니다. 북부의 겨울 숲에는 여름과 마찬가지로 새가 많지 않지만, 나뭇잎이 죄 떨어진 덕분에 새를 관찰하기에는 더 낫습니다. 눈밭의 여우나 개울가의 밍크도 겨울에 만나는 흥미로운 야생동물이랍니다. 눈 위에 남은 동물의 흔적을 추적하고 단서를 해독하며 겨울 산림욕의 특별한 즐거움을 느끼죠. 단, 흔적은 동물만 남기는 게 아니라는 사실을 꼭 기억하길. 자연주의자 메리 홀랜드는 자신의 블로그에 눈 위를 가로지르는 작은 타이어 자국 같은 알쏭달쏭한 사진을 올린 적이 있는데요. 나중에 밝히길, 언덕에서 굴러떨어진 솔방울의 흔적이라고 하더군요!

겨울 산림욕이 주는 가장 큰 즐거움은 무엇보다 겨울 빛살이 아닐까 합니다. 겨울 빛살은 숙고하는 기쁨을 안겨준다고나 할까요. 겨울날 일출과 일몰은 정말이지 장관이에요. 갓 내린 눈밭 위의 밝고 푸른 하늘은 오래도록 뇌리에 남지요. 뭉게뭉게 부풀어 있든, 듬성듬성 성근 모양이든, 언제나 바삐 움직이는 겨울 구름은 또 어떻고요. 저 멀리 북쪽에서는 밤마다 오로라, 일명 북극광의 특별한 향연이 펼쳐지지요.

겨울 빛살의 가장 큰 선물은 '확장'과 '회귀'입니다. 만약 여러분이 적도를 기준으로 그 북쪽에 산다면, 동지 이후부터 낮이 길어진다는 사실을 자연스레 알 거예요. 동지부터 춘분까지 매일 일출과 일몰 시각을 기록하며 낮이 점점 길어진다는 사실을 직접 확인해도 재밌을 테지요.

겨울 산림욕의 진정한 즐거움은 정말 추울 때 느낀답니다. 우선 옷을 단단히 껴입고 겨울 풍경을 관찰해보세요. 그럼 추운 바깥 세상과 하나되는 기분을 맛볼 거예요. 내부와 외부의 세계가 뜨거운 숨결을 통로 삼아 하나로 연결되니까요. 산림욕을 마무리하면서 모닥불을 피우거나 따뜻한 차 한잔을 음미하면 어떨까요. 따뜻한 온기와 뜨거운 차가 있는 집으로 향해도 좋고요. 안온한 집에서 다음 계절을 기다리는 일은 겨울에 만끽할 즐거움이자 다가오는 봄을 위한 서곡이니까요.

겨울 산림욕에서 꼭 해야 할 일

- 따뜻하게 입기
- 겨울 풍경과 겨울나무에 집중하기
- 겨울 들풀과 날개 달린 씨앗 관찰하기
- 겨울 새떼의 이동을 관찰하고 새소리에 귀 기울이기
- 겨울 빛살 지켜보기
- 난롯가에서 뜨거운 차 음미하기

봄의 산림욕

겨우내 산림욕을 계속해왔다면 봄의 산림욕은 더욱 즐겁습니다. 온대 지역에서 봄은 포유류가 태어나듯 피어납니다. 따뜻한 날씨에 얼음과 눈이 녹고, 겨울눈은 부풀어오르며, 이윽고 새가 지지배배 노래하지요. 한마디로 대지가 켜는 기지개를 온몸으로 느낍니다. 그러다 꽃샘추위가 봄의 위세를 꺾기도 합니다. 봄이 완연해질 때까지 이 과정은 반복됩니다.

봄에 산림욕을 하다 보면 종종 뛸듯이 놀라기도 합니다. 다시금 흐르는 물줄기, 노래하는 새와 개구리, 형형색색의 야생화 꽃밭, 겨울눈을 터뜨리는 나무, 그리고 새로이 자라는 생명의 향기까지. 점점 따사로워지는 대지에는 갖가지 풍경과 소리, 향기가 넘쳐나지요. 봄은 매일매일 기적을 실어나릅니다. 아주 빠르게 펴지는 기적을요. 나날이, 때로는 시시각각 눈앞에서 극적인 변화가 펼쳐집니다.

겨울눈이 눈껍질을 벗을 때는 문득 학교나 회사를 빼먹거나, 가능하다면 일주일 내내 휴가를 내고 싶어집니다. 나무가 지난 여름부터 만든 겨울눈이 부풀어오르면서 겨울눈을 둘러싼 눈껍질이 떨어져나가고, 그 안에 숨은 잎과 꽃이 돋아나는 시기니까요. 워낙 역동적이며 순식간에 일어나기 때문에 잠시 한눈을 팔거나 일주일이나 보름 정도만 일에 파묻혀 지내도 이 연례 마술을 놓치기 십상입니다.

나무마다 겨울눈이 제각각 다르듯 나무가 눈껍질을 벗는 순서와 방식도 저마다 다릅니다. 영국·유럽·북미 등 세계 여러 지역에서 재배하는 아시아체리·사과·복숭아·배·목련 등은 조금 일찍 꽃을 피웁니다. 어느 틈에 파스텔 빛깔의 구름 같은 꽃이 사방에서 황홀하게 피어나죠. 뾰족한 너도밤나무 겨울눈은 무용수의 드레스 같은 모양으로 땅을 향해 고개를 숙인 채 점차 나선형의 부드러운 녹색 잎을 활짝 펼칩니다. 북미와 아시아 튤립나무 겨울눈은 마치 구름에 닿으려는 아기 손처럼 하늘을 향해 잎을 터트리지요. 이렇게 땅과 하늘, 서로 반대 방향으로 피어난 나뭇잎도 결국에는 햇빛을 더 잘 받으려 수평을 이루겠지요.

여느 나무처럼 참나뭇과 나무의 잎 또한 처음부터 다 자란 잎과 같은 모양에 크기만 자그마하게 돋아납니다. 다 자란 잎과 달리 가을을 대표하는 황금빛·붉은빛·주홍빛을 띠고요. 참나뭇과 나무의 잎이 돋아날 때면, 온 나무를 뒤덮었던 황금색 수꽃차례가 온 숲과 길, 심지어 자동차까지 뒤덮곤 합니다. 바삐 일하러 가는 사람이나 알레르기 때문에 고생하는 이에게 그런 수꽃은 골칫거리지요. 산림욕을 즐기는 사람에게는 경이롭기만 한 풍경이지만요.

이른 봄, 한걸음 뒤로 물러나 산과 언덕을 바라본 적이 있나요. 부드러운 황금빛·녹황빛·붉은빛·주홍빛으로 물든 숲이 눈앞에 펼쳐진 풍경 말이에요. 이처럼 귀한 풍경은 겨울눈이 싹 트는 동안 혹은 그 직후에만 볼 수 있답니다. 곧 숲은 봄의 연초록으로 물들고 여름이 될수록 짙어지지요. 미국 북동부 뉴잉글랜드의 시인 로버트 프로스트는 겨울눈이 싹을 틔우는 이 짧은 시기를 「어떤 찬란한 것도 오래가지 못하리Nothing Gold Can Stay」라는 제

목의 시에 담았습니다. 이 시의 첫 행은 이러합니다. “자연의 신록은 찬란하나 오래 가지 못하리니.”

초봄의 황금빛이 봄의 중반부터 여름에 이르러 짙은 녹빛으로 변해갈 무렵이면 저는 알 수 없는 우울감을 느낍니다. 누구나 자연과 진정으로 교감할 때면 흔히 생기는 현상이죠. 유명한 환경보호론자이자 미국 대통령이었던 시어도어 루즈벨트도 저와 비슷한 마음이었는지 이런 글을 남겼더군요. “황무지에 숨겨진 정신을 표현할 단어, 그 신비와 우울, 매력을 표현할 단어는 어디에도 없다.”

로버트 프로스트가 노래했듯 찬란한 것은 오래가지 못할지도 모릅니다. 하지만 나무는 이 찬란이 사라지고 나서야, 봄이 베푸는 최고의 선물을 받습니다. 5월이 되면 집 근처에는 ‘핑크레이디의 슬리퍼Pink Lady's Slipper’라 불리는 난초류가 피어나고, 겨우내 북회귀선 이남에서 지내던 개똥지빠귀가 돌아와 녹빛 숲에 둥지를 틉니다. 마치 난초에게 바치는 연가戀歌처럼 들리는 고운 지저귐은 ‘판❖의 플루트’처럼 신화에나 나올 법한 소리처럼 들립니다.

봄이 완연해지면 진달래꽃과 울창한 습지고사리도 잎을 펼칠 준비를 마칩니다. 봄바람이 새 잎 사이로 살랑거리다가 여름의 열기를 품은 따뜻한 기운이 지속되면, 이제 숲의 공터에서 춤을 추거나 나무 아래에서 요가나 태극권을 할 차례입니다.

❖ 그리스 신화에 등장하는 자연과 목축의 신. 악기 팬플루트는 판의 신화에서 유래했다고 전해짐.

봄 산림욕에서 꼭 해야 할 일

- ♠ 봄이 기지개를 켜는 모습·소리·향기에 경탄하기
- ♠ 겨울눈에서 싹이 돋아나고 성장하는 모습 관찰하기
- ♠ 눈이 녹은 후 야생화 꽃밭 찾아보기
- ♠ 새로운 물줄기 감상하기
- ♠ 새의 이주·귀환·둥지 트는 모습 지켜보기
- ♠ 새와 개구리의 합창 듣기

간이 산림욕입니다. 물장구치기나 수영도 마찬가지입니다. 물에 몸을 담갔으니 문자 그대로 산림욕forest bathing이죠. 일본에서는 물가, 특히 폭포수 옆길을 최고의 산림욕 명소로 칩니다. 풍광과 소리를 즐기는 데다가 폭포수 주변의 음이온이 건강에 좋으니까요.

졸졸졸 흐르는 냇물, 지저귀는 새와 노래하는 곤충, 찬란한 여름 야생화 그리고 푸릇한 풍경까지, 수많은 기쁨이 가득한 여름은 편안하고 즐거운 계절입니다. 정원을 가꾸든, 하이킹이나 승마를 하든, 사이클·카누·카약을 타든, 잠시 하던 일을 멈추고 아름답고 경이로운 풍경에 빠져들곤 하지요.

저는 도시에서 가까운 섬 근처에서 카약을 즐기곤 합니다. 강의 밀물과 썰물을 지켜보거나 물고기를 잡으려 수면 위를 비행하는 물수리의 울음소리가 가까이 들리는 곳이지요. 카약을 타며 산림욕을 할 때는 물가까지 노를 저어 간 다음, 수면 위로 몸을 내밀어 찬란한 여름 야생화를 가까이서 살펴봅니다. 섬 주변으로 눈을 돌리면 왜가리와 백로가 얕은 강가에서 선禪 수행을 하듯 서 있고, 거북이는 통나무에서 햇볕을 쬐지요. 노를 저어 이동할 때면 잠자리와 물잠자리가 카약 주변을 에워싸고요. 간혹 저 멀리 도심의 유서 깊은 건물이 물위에 비칠 때면, 자연과 도시가 초현실적인 조화를 이루는 듯이 느껴지곤 합니다.

여름은 다양한 과일을 즐기기 좋은 계절이기도 합니다. 야생에는 블랙베리·딸

기·산딸기·체리·블루베리 같은 자연산 과일이, 과수원에는 복숭아·자두·배가 열리죠. 버섯에 대해 잘 안다면 직접 채취해서 올리브오일이나 버터에 볶아 먹어도 좋습니다. 여름 숲이 선사하는 특별한 선물이니까요. 단, 충분한 경험이 있는 사람만 취하길.

여름밤의 산림욕은 특히 황홀합니다. 어떤 곳에는 반딧불이와 개똥벌레가 빛을 내고, 또다른 곳에서는 달빛을 받은 인동덩굴의 달큰한 냄새가 밤공기에 스미지요. 귀뚜라미는 밤이 깊도록 노래하고, 부엉이는 애절한 소리로 울지요. 만약 먼 북쪽에 산다면, 깊은 밤까지 햇빛을 즐기는 백야의 특별한 즐거움도 누리겠지요.

마법처럼 뜨고 지는 해와 달, 그리고 달콤한 여름비는 여름 산림욕의 즐거움을 배가시킵니다. 위험한 상황만 아니라면 비가 온다고 실내에만 머물 필요는 없습니다. 헨리 데이비드 소로의 일기 중 다음과 같은 한 구절을 체감하려면요. "비 오는 날 길을 걷는 건 값진 일이다. 땅과 나뭇잎에 진주가 흩뿌려져 있으니."

여름 산림욕을 할 때마다 저는 동행에게 메리 올리버의 시 「여름날The Summer Day」을 낭독해달라고 합니다. 강렬한 교훈 속에서 산림욕 분위기를 환기하려는 목적에서죠. 시인은 행복하고 한가로운 여름 들판에서의 방랑을 찬미합니다. "말해보라, 당신의 계획이 무엇인지. 오직 하나뿐인 야생의 소중한 삶을 걸고."

여름 산림욕에서 꼭 해야 할 일

- 등을 대고 누웠다가 새와 함께 날아오르기
- 야생화·풀·건초 향기 들이마시기
- 깊고 시원한 숲 그늘 즐기기
- 들판과 정원의 나비 바라보기
- 맨발로 수영하거나 물장구치기
- 카누나 카약을 타고 물가에 가기
- 여름 딸기·복숭아·배·자두 먹기
- 밤하늘의 별과 달, 먼 북쪽에서는 한밤의 태양 즐기기

과일의 영양분을 비축합니다.

도토리, 호두 같이 마른 과일이 숲에 툭툭 떨어지는 소리, 막 떨어진 낙엽으로 뒤덮인 대지의 향기 역시 가을의 풍요를 만끽하게 합니다. 영국 제도諸島에서는 비교적 늦게 피는 야생화 헤더가 가을의 막을 올립니다. 헤더만큼 대표성은 없지만 과꽃·해바라기·미역취 같은 가을꽃과 가을에 피는 민트나 용담 종류도 계절의 시작을 알립니다.

가을 산림욕을 하면서 자꾸 걸음을 멈추는 건 자연스러운 일입니다. 다채로운 경이가 산책로 굽이굽이 펼쳐지니까요. 시각적인 풍요 외에도 몸에서 뚜렷이 느껴지는 변화의 기운은 우울과 흥분을 동시에 불러옵니다.

저는 가을이면 산림욕 참가자에게 보물 같은 단어를 떠올려 곰곰이 생각해 보라고 권하곤 합니다. 명사든 형용사든 상관없이요. 그러고는 참가자에게 몇 분 동안 탐험할 시간을 주고, 그 시간 동안 보물 같은 단어나 보물이 될 만한 대상을 찾아오라고 하지요. 모임 장소로 돌아온 참가자는 각자 발견한 보물을 공유합니다. 어떤 사람은 도토리나 나뭇잎 또는 일부가 썩어 적갈색이 된 통나무 같은 자연물을 가져옵니다. 이 자리에서는 썩은 통나무조차 놀랍도록 매혹적입니다. '가을 하늘을 가르는 햇살'이나 '늦가을의 귀뚜라미 울음소리' 같이 만질수 없는 단어를 보물로 찾아오는 참가자도 있지요.

이 놀이가 가을 산림욕을 즐기는 사람에게 특히 와닿는 이유는 무엇일까요. 어쩌면 추운 겨울이 다가올 때 양식을 쟁여두는 일은 우리의 본능일지도 모릅니다. 아니면 한 해를 마무리하는 가을에 자연이 내어준 풍요에 고마움을 느끼는 건 너무나 자연스럽기 때문입니다.

가을 산림욕에서 꼭 해야 할 일

- ♠ 가을 숲의 풍경·소리·흙냄새에 취하기
- ♠ 흥분과 우울 모두 받아들이기
- ♠ 사과와 사과주, 포도와 포도주 즐기기
- ♠ 낙엽·낙화·도토리, 그 외의 보물 모으기
- ♠ 떠나는 설렘과 난롯가에 끌림 느끼기

세번째 숲

산림욕과 어울리는 활동

니다 . 이 두 운동은 도시의 녹지나 교외뿐 아니라 그 어떤 공간에도 잘 어울리지요.

실내에서 명상을 하기가 여의치 않다면 바깥으로 나가보세요. 저는 개울가 절벽 아래 커다란 바위를 찾곤 합니다. '명상 바위'라는 이름을 지어줄 만큼 자주 찾는 곳이지요. 그 위에 앉아 바위 가장자리를 훑어보다가 시선을 옮겨 유유히 흐르는 물과 물장구치는 오리, 물고기를 노리는 왜가리를 바라보노라면 어느덧 끝없는 상념은 사라지고 심신이 안정되면서 진정 평화로운 상태에 이릅니다.

명상을 위해 '나나의 무릎'이라고 이름 지은 숲속 공간도 자주 찾습니다. 그곳은 크고 오래된 튤립나무 아래, 둘레가 수평의 갈고리 모양으로 폭 감싸인 장소지요. '나나'라고 부르는 튤립나무의 '무릎'에 앉으면 언제나 포근한 기분이 들면서 마음이 차분해집니다. 나나의 무릎에 안긴 채 노래를 부르거나 기도를 읊조리면 나무에서 가느다란 진동이 느껴지곤 합니다. 간혹 산책로에 사람이 별로 없을 때면 종종 옴❖을 되뇌기도 합니다.

자주 들를 만한 야외의 명상 공간이 있다면, 실내보다는 자연에서 명상하기가 보다 수월하다는 사실을 깨달을 거예요. 다소 의외일지 모르지만 해먹도 안정된 명상을 하기에 너무나 좋은 장소입니다. 머리 위를 유영하는 구름과 새가 명상을 도울 테니까요.

❖ Om. '그렇게 되기를 바란다'는 신성한 뜻을 가진 힌두교 말.

춤은 산림욕을 하며 자연과 강력하게 교감하는 또 하나의 방법입니다. 바람이 불 때, 특히 가을 낙엽이 나선형을 그리며 춤추듯 떨어질 때 추는 춤은 더욱 흥미롭습니다. 저는 달이 막 떠오른 밤에 숲이나 들판에서 춤추기를 좋아합니다.

굳이 요가나 태극권, 명상이나 춤을 곁들이지 않더라도, 숲에 자주 드나들다 보면 어느덧 산림욕은 지극히 자연스러운 일상의 일부가 되곤 합니다. 마치 집에서 자동차까지 걸어가는 일이나 여느 야외 활동처럼 일상으로 스며들지요. 심지어 쓰레기를 내놓으러 가는 짧은 순간에도 산림욕을 할 수 있답니다. 그러면 참나무류의 적갈색 낙엽과 땅에 떨어진 도토리만 보아도 심장이 떨릴 거예요. 가까운 나무에서 들리던 익숙한 새소리에 새로이 귀 기울이거나 주위에 야생 동물이 있는지 찾아보세요. 해·달·구름·바람, 그리고 날씨의 변화 같은 하늘의 선사에 기뻐해보세요. 쓰레기통에 다다를 즈음이면, 이미 자연의 영양분을 흠뻑 빨아들여 깊은 공상에 잠겼었다는 사실에 새삼 놀랄 거예요.

숲속의 운동

하이킹·걷기·달리기·자전거 타기·정원 가꾸기·승마·암벽 등반·카약이나 카누 타기·보트 타기·수영·서핑·스키·스케이팅·스노슈잉❖ 등 야외에서 하는 활동은 뭐든 유익해요. 숲과 산·바다·황야·초원·사막 등지에서 하는 자연에서의 운동은 신선한 공기를 들이마시고 건강한 영양분을 폐에 불어넣는 일이니까요.

시간이 별로 없다면, 야외 운동과 산림욕을 병행해도 좋습니다. 저는 종종 자전거를 타거나 에어로빅을 하듯 빠르게 걸은 다음, 명상 바위나 나나의 무릎에 앉아 산림욕을 합니다. 주변을 잘 관찰할 수 있는 속도로 숲을 천천히 가로지르기도 하고요.

등산이나 하이킹을 하거나 산악자전거를 타는 사람은 자연스럽게 산림욕을 경험합니다. 산을 오르거나 자전거를 타다가 잠시 멈추어 아름다운 풍경에 몰입하는 일은 힘든 운동이 주는 큰 보상이지요. 산비탈이나 산꼭대기에서 산 아래를 내려다보거나, 구름과 새, 공기의 흐름을 넋놓고 바라보면 자연과 하나되는 기분을 맛봅니다.

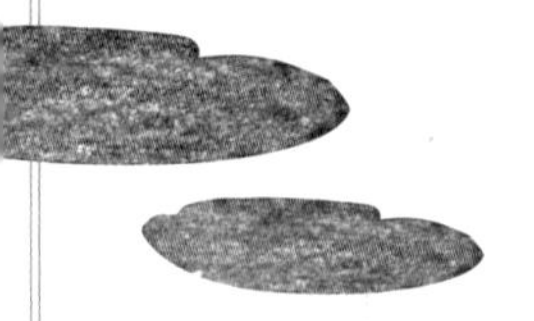

❖ snowshoeing. 설피 같은 눈길 전용 신발을 신고 걷는 운동.

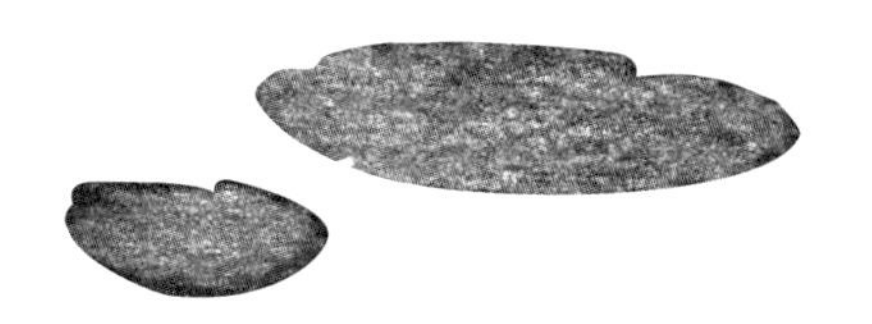

개와 함께하는 산책은 산림욕의 지평을 보다 넓혀주곤 합니다. 특히 애완동물의 행동을 관찰하면 배울 점이 많지요. 동료이자 산림치료 가이드인 나딘 마졸라는 보스턴 근방에서 애완견 줄리엣, 그리고 다른 견주들과 함께 산림욕에 나섭니다. 견주는 각자 자신의 강아지를 따라가면서 자연에 대한 관심과 호기심을 키우지요.

생태 미술과 글쓰기

숲을 산책할 때면 마음에 '창의적인 윤활유'가 흐르는 듯합니다. 저는 자연에서 글의 영감을 자주 받습니다. 산림욕을 할 때는 전자 기기를 멀리하라고 권했지만 솔직히 고백하자면, 가끔 자연에서 얻은 글감을 얼른 아이폰 메모장에 기록하곤 합니다. 창의적인 일을 하는 사람뿐 아니라 우리 모두에게 자연은 강력한 '뮤즈'입니다.

자연 그 자체로 예술을 창조하는 사람도 있습니다. 스코틀랜드에 사는 영국인 예술가 앤디 골즈워디는 바위, 조수潮水 그리고 한시적인 자연물만으로 웅장하고 극적인 작품을 만들어왔습니다. 심지어 그가 쓰는 재료 중 일부는 자연스럽게 사라지는 것도 있지요.

꼭 천재 예술가가 아닐지라도 자연과 더 큰 교감을 나누기 위해서라면 골즈워디의 기술을 모방해도 됩니다. 돌·꽃잎·나뭇잎·깃털·날개 달린 씨앗·막대기·흙·모래·물만으로 누구든 동화 속 집·작은 함대·다양한 조각상과 창의적인 작품을 만들 수 있습니다. 비록 이러한 창작물은 언젠가 비나 파도에 씻겨 사라질지라도 산림욕이 선사하는 아주 멋진 보상이죠.

생태 글쓰기는 산림욕의 또 다른 짝입니다. 주변에서 발견한 모든 순간을 그림이나 글로 표현하면 생태 감수성을 한층 끌어올릴 수 있어요. 저와 함께 두 권의 책을 쓴 친구이자 예술가인 티나 티메 브라운은 학생들에게 '자연을 바라보는 법'이라는 주제로 그림 수업을 합니다. 그림을 그리기 전 티나는 나뭇잎이 어떻게 생겼는지 자세히 살피게 하고는 이렇게 설명합니다. "눈으로 형태를 훑은 후 연필로 따라 그리면, 각각의 잎이 가진 독특한 잎맥과 구조, 세부가 보입니다. 그러니까 한눈팔지 말고 눈과 연필로 나뭇잎을 좇아보세요."

또다른 독창적인 친구이자 스미스소니언 박물관의 미술 복원가인 케이트 메이너는 제게 몇 가지 생태 글쓰기 기술을 전수했습니다. 그는 이 기술을 생태 그림·글쓰기 분야에서 널리 알려진 전문가이면서, 캘리포니아에서 활동하는 학자이자 예술가인 존 뮤어 로즈에게 배웠다고 하더군요. 케이트는 제게 세 시간 동안 수업을 해주었습니다. 스케치북 한쪽에 그림 그리기와 글쓰기를 결합하는 방법, 날씨와 주변 환경 정보, 자연에서의 경험을 기록하는 방법을 알려주었죠.

우리는 식물과 주변 환경을 집중 관찰하기 전에 늘 세 개의 문장을 떠올렸습니다. "주목하자. 궁금해하자. 그리하면 떠오른다." 숲에 갈 때마다 스케치북을 챙기는 습관은 티나와 케이트의 고마운 가르침 덕분입니다. 지금도 저는 시간 날 때마다 명상 바위나 나나의 무릎에서 그곳에서 바라본 풍경을 그림이나 글로 남기곤 합니다.

자연과 시는 유서 깊은 한쌍입니다. 많은 사람이 자연에서 영감을 받아 시를 썼지요. 당연한 이야기이지만 작사와 작곡 또한 자연에서 큰 영감을 받는 분야지요.

그리고 미래의 청소년도 그런 기분을 맛보기 바랍니다.

제 삶은 개인적으로나 사회적으로나, 그리고 직업까지도 모두 자연을 중심으로 돌아갑니다. 홀로 자연에서 깊은 공상에 빠진 채 숲 속의 고독, '발다인잠카이트'를 만끽하거나, 때로는 산림욕 프로그램 참가자와 인연을 맺고, 숲에서 친구 혹은 미래에 친구가 될 사람과 우연히 만나기도 하지요. 자연에 관한 책을 쓰기도 하는데 책은 실내에서도 쓰는 날도 있지만, 날씨가 따뜻할 때면 야외 탁자에 노트북을 펼쳐놓고 쓰기도 한답니다.

산림욕에 곁들이면 좋은 활동

- 요가·태극권·명상
- 간단한 창작 활동·그리기·글쓰기·
  시 쓰기·곡 쓰기
- 야외 운동
- 공식·비공식 기념행사

청소년의 산림욕

청소년이 산림욕을 얼마나 편하고 멋지게 즐기는지 매번 놀랄 따름입니다. 어느 봄, 한 지구생태학 선생님의 요청으로 인근 산에서 두 모둠의 고등학교 신입생과 산림욕을 했습니다. 산 정상에 도착했을 때, 첫 모둠 학생 스물다섯 명은 숲속의 퓨마라도 된 양, 아니 그보다 더 편한 자세로 바위에 엎드리거나 드러눕더군요. 아이들은 저의 모든 제안에 호응했고, 별다른 불평 없이 돌아가며 발언막대를 쥐고서는 자연에 대한 소감을 공유했습니다.

두 번째 모둠 학생 마흔 명과 산림욕을 할 때는 상황이 좀 나빴습니다. 추운 날씨에 바람까지 불었는 데 대부분 날씨에 알맞은 차림이 아니었어요. 몇몇 남학

생은 발언막대를 이어받으려 하지 않고 장난을 치며 옆사람에게 넘기버렸습니다. 하지만 가장 까칠한 남학생도 친구가 말할 때는 조용히 귀를 기울이더군요. 시간이 조금 지나자 모두 원형으로 둘러앉아 소감 나누기를 편하게 받아들었습니다. 산 정상을 때날 때는 모두 편하고 행복해 보였습니다.

십대 청소년과 함께한 산림욕은 가슴 뭉클한 경험이었습니다. 산림욕을 하는 동안, 요즘 청소년이 변덕스럽고 피로한 세상에서 얼마나 스트레스를 받는지 알겠더라고요. 온라인에서 많은 시간을 보내면서 소셜 미디어로 종일 관계를 맺지 않으면 안되니까요. 전자 기기를 끄고 교실에서 나와 잠시 아름다운 자연에서 머무는 일은 청소년에게 꼭 필요한 해방구 역할을 합니다. 여기서는 그저 또래와 함께 자연을 즐기고 경험을 공유하면 되니까요.

거동이 어려운 노인의 산림욕

노년층에게도 산림욕은 커다란 위안과 즐거움을 줍니다. 세계 어디서든 병원과 은퇴자 주거단지 근처에 휠체어로 다닐 수 있는 무장애길을 조성해야 하는 이유지요.

알츠하이머로 고통받던 제 시아버지는 아주 추운 날에도 휠체어 산림욕을 하면서 무척 기뻐하셨습니다. 저는 나무줄기에 휠체어를 바짝 붙여 시아버지가 장갑 낀 손으로 나무껍질을 만지도록 도왔어요. 때로는 소나무와 전나무 잎 한 줌을 으깨 기분이 좋아지고 건강에 좋은 향기를 맡게 해드렸고요.

생의 끝자락에 다다른 이들은 자신이 자연의 일부라고 느끼며 평온을 찾습니다. 만약 당신이 성숙한 노년기에 접어들었다면, 틀림없이 지금 이 순간은 물론이고 생의 소소한 기쁨이 얼마나 가치 있는지 잘 알 거예요. 혹시 지금 고립감을 느끼더라도, 자신이 생태계의 일부라는 사실을 자각하면 이내 자연이 주는 환희에 빠져들 테죠.

몸이 아픈 사람의 산림욕

많은 의사와 치료사가 병을 앓거나 수술받은 환자의 회복이나 우울증, 중독, 만성 통증과 장애를 극복하도록 도우려 산림욕을 도입하려 합니다. 의사이자 공인 산림치료 가이드인 수잰 바틀릿 하켄밀러 박사의 연구에 따르면, 정원이 보이고 정원 산책이 허용된 병원의 환자가 그렇지 않은 곳의 환자보다 빨리 회복하는 경향이 있다고 합니다.

자연에서 시간을 보내면 신체와 정신, 정서에 이롭다는 사실을 밝힌 여러 자료를 근거로 치료와 회복을 보다 원활하게 만드는 창의적인 방안이 필요한 때입니다. 요즘은 처방전에 '자연 산책'이라고 쓰거나 환자에게 집 근처 공원을 산책하라고 조언하는 의사도 있다지요. 이는 이제 산림욕이 우리 의료 시스템으로 들어오기 시작했다는 신호입니다.

마음이 아픈 사람의 산림욕

산림욕은 문제를 해결하고 슬픔에 대처하는 데도 도움을 줍니다. 살다보면 해결책이 보이지 않는 문제로 눈앞이 캄캄할 때가 있지요. 이럴 때 가장 좋은 방법은 '숲 산책'입니다. 우선 마음에서 되풀이되는 생각을 지워야 하는데, 물이 흐르고 나무가 있는 곳에서는 그런 생각이 더 잘 씻겨나가죠. 놀랍게도 어느 순간, 숲속에서 지금 당신에게 필요한 가르침이 불현듯 나타날지도 모르고요.

저는 숲의 신비로운 힘을 믿습니다. 과거에 우리는 나무와 숲의 섭리를 잘 몰랐습니다. 이제야 나무와 식물이 공중으로 배출하는 휘발성 화학 물질로, 또는 뿌리로 연결된 균근망菌根罔으로 서로 소통한다는 사실을 알아냈습니다. 나무는 해충과 병원균으로부터 서로를 보호하기 위해 정보를 나누고 땅속으로는 영양분을 공유하지요. 어쩌면 여전히 나무는 우리에게 나눠줄 지혜와 생육 인자를 품고 있는지 모릅니다.

자연은 커다란 상실과 마주한 사람의 슬픔을 어루만지며 너른 품으로 보듬어 줍니다. 때로 숲에서 사랑하는 이의 영혼이 새, 나무 혹은 다른 생명체의 모습으로 찾아오리라고 믿는 사람을 만나기도 합니다. 이는 상식을 초월한 듯 보이지만, 이러한 신비에 몸을 맡기면 위안과 함께 혼자가 아니라는 확신을 얻습니다.

모두를 위한 산림욕

- 어린이와 함께라면 아이가 활동을 이끌게 하면서 아이의 엉뚱하고 멋진 활동에 집중하세요
- 청소년과 함께라면 스트레스에서 벗어나게 도와주세요
- 거동이 불편한 노년과 함께라면 산책로의 나무와 풀에 가까이 다가가도록 휠체어를 식물 가까이 붙여주세요
- 산림욕은 질병과 수술·우울증·중독 치료에 도움이 됩니다
- 자연에는 문제를 해결하는 지혜와 슬픔을 극복하게 하는 힘이 있습니다

네번째 숲

숲을 가꾸는 일

방식으로 바라보았답니다."

요컨대 숲에 갈 때마다 그곳을 가꾸려는 강박을 갖지 않아도 괜찮다는 이야기입니다. 아름다운 자연을 순수하게 즐기는 일이 우리의 타고난 권리임을 잊어서는 안 됩니다. 세심한 관리인으로서 산림욕 중에 자연과 온전한 교감을 이루기 위해서는 어떤 죄의식도 가질 필요가 없습니다. 비록 몇 년 만에 찾았다 해도 자연은 늘 너른 품으로 우리를 보듬으며 우리의 귀환을 환영할 테니까요. 우리는 그렇게 숲에 들어 제대로 숨쉬며 제자리를 찾습니다.

스스로의 건강과 행복을 위하여 산림욕을 하면 자연과 다시 연결됩니다. 대지를 기리고 보살피며 우리는 비로소 '지구'라는 공동체의 일부가 됩니다.

당신의 산림욕

이제 산림욕을 시작할 준비가 되었나요. 이미 자연을 탐험하러 길을 나선 이도 있겠지요. 자, 다들 모든 감각을 열고 보다 찬찬히 탐험을 재개할 준비가 되었나요.

산림욕의 신비를 맛보기 위해 꼭 큰 숲을 찾아 멀리 갈 필요가 없음을, 이 책을 아름답게 꾸며준 리커의 그림과 제 글로 깨달았기를 바랍니다. 그저 문 밖으로 한 발짝 디디고, 눈앞에 펼쳐진 경이로운 자연을 향해 마음과 정신을 활짝 열기를. 머리 위의 구름부터 보도 틈새를 비집고 나온 야생화까지 자연은 언제 어디서나 여러분을 맞이할 테니까요.

부디 즐거운 산림욕이 되기를.
산림욕의 세계에 온 것을 환영합니다.

숲을 가꾸는 과정

- 쓰레기를 줍거나 관리하며 야생의 집을 가꾸세요
- 건강한 산림 보호 정책을 따르세요
- 무리하지 않을 만큼만 숲을 가꾸세요. 죄책감에서 벗어나 자연의 아름다움과 경이를 충분히 즐기세요
- 환경을 관리하는 공동체의 일부가 되어보세요
- 가까운 야생의 집뿐 아니라 더 넓은 자연을 향해 마음을 열어보세요

고마운 분에게

저의 멘토와 동료, 산림욕 친구, 특히 가즈히로 고리키·도노키 아키라·요시후미 미야자키 박사·그의 연구팀·아모스 클리퍼드·미셸 로트·마이클 스터서·제이미 트로스트·멕 미즈타니·나딘 마졸라·클레어 켈리·다나 갈린스키말라구티·수잰 바틀릿 하켄밀러 박사 그리고 협회의 여러 친구에게 고마움을 전합니다.
안드레아 브라운, 숀 워커 그리고 충성스럽고 영리하며 사랑스러운 독자인 짐 소피·제시 추카스브래들리·마이클 추카스 주니어·엘리 앤더슨·힐 앤더슨·캐럴 버그만·티나 팀 브라운·테리 대니얼스·케이트 메이너·수전 오스틴 로스에게 특히 고맙습니다.
창의적인 아이디어를 가진 록 포인트 사의 편집장 라지 킨델스퍼거, 사려 깊은 편집 능력을 보여준 케일라 허낸데즈와 헤더 로디노, 문학 에이전트이자 언제나 영감과 조언을 아끼지 않은 메릴린 앨런에게도 고마운
마음을 전합니다.
그리고 리커 판데르포르스트의 섬세하고 혁신적인
예술 세계에 깊은 경의를 표합니다.

산림욕의 행복

초판 1쇄 인쇄 2020년 5월 7일
초판 1쇄 발행 2020년 5월 21일

지은이 멜라니 추카스브래들리
그린이 리커 판데르포르스트
옮긴이 장세이

책임편집 홍성광
디자인 김선미 이현정
마케팅 송승헌 이지민
홍보 김희숙 김상만 지문희 우상희 김현지
제작 강신은 김동욱 임현식
제작처 더블비(인쇄) 신안제책(제본)

펴낸이 고미영
펴낸곳 (주)이봄
출판등록 2014년 7월 6일 제406-2014-000064호
주소 10881 경기도 파주시 회동길 455-3
전자우편 yibom@yibombook.com
팩스 031-955-8855
문의전화 031-955-9981

ISBN 979-11-90582-29-2 03840

• 이 도서의 국립중앙도서관 출판예정도서목록(CIP)은 서지정보유통지원시스템 홈페이지(http://seoji.nl.go.kr)와
국가자료종합목록 구축시스템(http://kolis-net.nl.go.kr)에서 이용하실 수 있습니다.
(CIP제어번호: CIP2020017764)